AF459981

HENRY J.-M. LEVEY

Le Pavillon

ou

la Saison de Thomas W. Lance

Petit Poème Cultique

PRÉFACE

DE

ERNEST LA JEUNESSE

C'est elle la petite morte derrière les rosiers. — La jeune maman trépassée descend le perron. — La calèche du cousin crie sur le sable. — Le petit frère (il est aux Indes!) là, devant le couchant sur le pré d'œillets. — Les vieux qu'on a enterrés tout droits dans le rempart aux giroflées...

ARTHUR RIMBAUD.

Décorations de Müller.

PARIS

COLLECTION BIBLIOPHILE DE *L'AUBE*

26, QUAI D'ORLÉANS, 26

—

1897

à Gabriel Randon
amicalement
et
en reconnaissance des services d'art
qu'il m'a rendus
H. J. M. Levey
1 Juin 97

Le Pavillon

ou

la Saison de Thomas W. Lance

HENRY J.-M. LEVEY

Le Pavillon

ou

la Saison de Thomas W. Lance

Petit Poème Cultique

PRÉFACE

DE

ERNEST LA JEUNESSE

C'est elle la petite morte derrière les rosiers. — La jeune maman trépassée descend le perron. — La calèche du cousin crie sur le sable. — Le petit frère (il est aux Indes!) là, devant le couchant sur le pré d'œillets. — Les vieux qu'on a enterrés tout droits dans le rempart aux giroflées...

ARTHUR RIMBAUD.

PARIS

COLLECTION BIBLIOPHILE DE *L'AUBE*

26, QUAI D'ORLÉANS, 26

—

1897

PRÉFACE

Comprenez-vous le langage des oiseaux?

Et vous, petites légendes que nous ne saurons jamais, petites légendes qui vaguez, nonchalantes et somptueuses, au bord des mers, là-bas, sur l'autre versant de la terre, petites légendes qui grimpez doucement le long des rudes montagnes, petites légendes de silence et d'orgueil, petites légendes dorées par les soleils rastaquouères ou roussies au feu blanc des lunes exotiques, bonnes petites légendes de minuit et de midi, vous voici qui venez à nous, zézayantes comme de bons nègres, blondes comme les misses des keepsakes blondes, caressantes comme des palmiers, souples comme les serpents autour des baobabs.

Ce n'est pas long?

Certes, vous avez vite fait de lire et d'apprendre par cœur les vers de ce recueil : ils chantent tout seuls et tout de suite à votre oreille et à votre âme; c'est une « saison » ou une « season » qui dure une minute et demie environ, mais ne vous y trompez pas : ce n'est pas si court.

Ce sont toutes *les légendes, tous les petits garçons et toutes les petites filles et tous les ciels.*

Ce n'est pas si simple : les joies et les tristesses vont, halètent, volètent; c'est le secret des bois sacrés et le secret des forêts vierges et c'est le sourire des lacs, c'est le raccourci le plus harmonieux de la nature et de l'humanité.

Monsieur Mallarmé trouvera que c'est du Mallarmé exaspéré, Loti se retrouvera en vers et Verlaine y pleure et Leconte de Lisle s'y plie à des sensations et des césures imprévues. Lisez : Henry J.-M. Levey est un poète, il a des sourires charmants, sa qualité de tendresse est délicate, tout en lui est nuancé, sinueux, joli et touchant.

Et voici le moment revenu des livres énormes, débordant d'outrance, de répétitions. Le « développement » cher à nos cœurs de rhétoriciens, à nos jambes de cyclistes (sous le pseudonyme de multiplication) devient une institution. Ne devons-nous pas aimer la plaquette, la plaquette si peu plaquette qui qui vient chanter et gémir, avec l'ambition de nous toucher intimement dès le premier vers? Demandons à M. de Hérédia.

Et caressons, la lecture terminée, les chevelures blondes des comètes et le sourire des étoiles.

Ernest La Jeunesse.

I

CONTE PRÉLIMINAIRE [1]

(1) *D'un rhéteur français.*

THOMAS W. LANCE (19 ans) parle : (1)

Que MM. les assassins commencent !
ALPHONSE KARR.

« ...Or le sultan d'Ennui convenant ses ulcères
Par Schéhérazade (blonde) sut réagir :
A l'empoisonnement soudain des janissaires,
Certain frisson drapa la robe du vizir...

L'encens d'un Ptolémée a conclu son désir,
Et fondu le vieil or de parchemins faussaires,
Tels chrétiens convertis s'attardent aux rosaires,
Le fol se voit le train des pèlerins grossir !

(1) Thomas W. Lance appartient à la religion catholique.

— Sindbad d'espoir qui loin des ports savait sombrer ! —
Lui s'étourdit d'incognito pour retomber
A l'Orient poudré de tragédie classique...

— Suivrai-je, souverain titubant et risible,
La main cherchant une épaule d'enfant, — la cible
Des enfants ! — le chemin laissé par ce cacique ? »

II

PRINTEMPS

Amour tout dépité de n'avoir point de flesche
Assez forte pour faire en mon cœur une bresche,
Voulant qu'il ne fust rien dont il ne fust vainqueur,
Fit par les coups d'autrui cette playe en mon cœur.

MATHURIN RÉGNIER.

La simplicité :

« N'aurai-je dit ?... — Betty ! — qu'embaume d'enfants nobles
(Un cercle d'or dans mes cheveux de fils d'Édouard)
Les fleurs de Kate Greenaway — plaquant ses notes
Claires au park imbu d'ombres et de brouillard.

(Contempteur des parfums décidés aux synodes,
Mon cœur simple, jouet des encens ou du nard,
Accepte ! comme Dieu les haleines des nonnes,
La senteur des bras frais et sincères d'Agar.)

Et, servant généreux se flattant Prométhée!
L'évocateur s'est crû damner larron d'éther...
Par vos discrétions douces de rose-thé,

Atténuez l'élan trop grave du grand lys :
Mais ces sombres pollens qui chantent le mystère...
— O Seigneur, éloignez de moi tous ces calices!... »

III

ÉTÉ

ROSINE. — « Ce sont des couplets de *la Précaution inutile* que mon maître à chanter m'a donné hier. » BARTHOLO. — « Qu'est-ce que la *Précaution inutile ?* »

BEAUMARCHAIS. — *Le Barbier de Séville*. I. 3.

La façade :

« Enfin! — qu'un vent du soir eut agité les basques
D'habit des vieux barons plaignant le jacobus,
Les ayant cachetés dans la pâte des masques,
Les châteaux énervés tendaient leurs blancs rictus...

Or l'ombre des balcons rogne aux dupés l'*Agnus*
-Dei, sous les piliers forts d'idoles fantasques :
Madame qu'entretient un horizon sans casques
Souffre la foi du clerc au lascif *Oremus*.

Voici qu'un soir bleu-rare a béni mon autel !
— Cent mains pascales de glycine ! — Le pastel
Si léger de madone assure l'amulette

Prévenant que, demain, le cœur le mieux ourdi :
Tout oiseau passager en picore une miette,
Sur le balcon doré qui sommeille à midi... »

IV

AUTOMNE

Quand fleurira le long des murs aux blancheurs sobres
« Le rayon jaune et doux de l'arrière-saison »,
Quand verdira, comme une mer ! le ciel d'octobre !
Chantez mon cœur ! Nous reverrons la Malmaison !

MAURICE DU PLESSYS.

Le pardon :

« Que les étés les baobabs inviolés
Mécontents des trappeurs tolèrent les défroques ;
Forces-tu sans pitié tes ombres réciproques,
Pour la pudeur des jatrophas humiliés ?

Mil-huit-cent-trente ! — Sous les tonnelles ailées,
Les parents raisonneurs accueillent les époques —
Ainsi que les pardons d'assassins qu'ils invoquent
Donnent les goupillons sur les granges brûlées...

Mais le soleil fut juste et l'allée était droite :
Quand l'orage calme le front au baiser moite,
Et que la ronde d'enfants s'arrête et s'étonne —

Reviens-tu, reprenant l'orgueil des fiers refrains,
Protester contre le pardon des boulingrins,
Et sonner le midi claustral d'un jour d'automne? »

V

CHRISTMAS

Les Christs n'ont pas la croix d'honneur !
JULES LAFORGUE.

Conseil (1) :

« Oppose un œil anglais aux Sites de Colère,
Aux insultes de bois le masque de Guignol ;
Va, te drapant noble d'outrage tutélaire :
Quel album d'Épinal ! quel roman espagnol

Nouveau du bel exploit d'un Quijota — si fol ? —
Adorant les moulins, qui cache un scapulaire !
Bons poètes chantant l'affront crépusculaire,
Les visages fardés n'auront mimé leur dol !

(1) D'un rhéteur français.

Aux coupes des Jésus tu bois comme on s'enivre:
Puis tourne les feuillets empoisonnés du Livre,
Jusqu'à l'apothéose de Monte-Christo! —

(Monte-Christo revient par le prochain bateau,
Gare!) — ta crainte afferme mémoire hantée!
— Et ce soir ta prière est fraîchement menthée...

VI

HIVER

Si je désire une eau d'Europe, c'est la flache
Noire et froide où, vers le crépuscule embaumé,
Un enfant accroupi, plein de tristesse, lache
Un bateau frêle comme un papillon de Mai !
ARTHUR RIMBAUD.

La crèmerie :

« Je sais qu'un lys s'ouvrit à la saison lointaine :
— O clair matin d'hiver baisez la crèmerie,
Comme l'agneau du saint approuve de sa laine
Le moine blanc qui pleure à l'autel de Marie.

En tes cheveux, — l'ombre dès sa source est tarie! —
Le linceul de mon rêve où tes yeux porcelainent,
Rayonne le néant d'un calme de Germaine,
Neige qui ne saurait troubler la laiterie...

Et c'est comme un repos sur des douleurs exquises !
(Ma bouche a murmuré la poudre des marquises
D'antan ! — halte future où la fumée émane

Le « Pâle Voyageur » qui, des armes rongées,
Évoque les blondeurs crémeuses du *Barman*,
Sous les palmiers drapés d'antilopes vengées....

THOMAS W. LANCE a dit. (1)

(1) Hiver 1896-97.

TABLE

ACHEVÉ D'IMPRIMER

le 15 mai mil huit cent quatre-vingt-dix-sept

par

CHARLES RENAUDIE

56, rue de Seine, 56

PARIS

www.ingramcontent.com/pod-product-compliance
Ingram Content Group UK Ltd.
Pitfield, Milton Keynes, MK11 3LW, UK
UKHW020512180726
13839UKWH00005B/2030

9 782329 564999